木の椅子

黒田杏子

第一句集

【増補新装版】

コールサック社

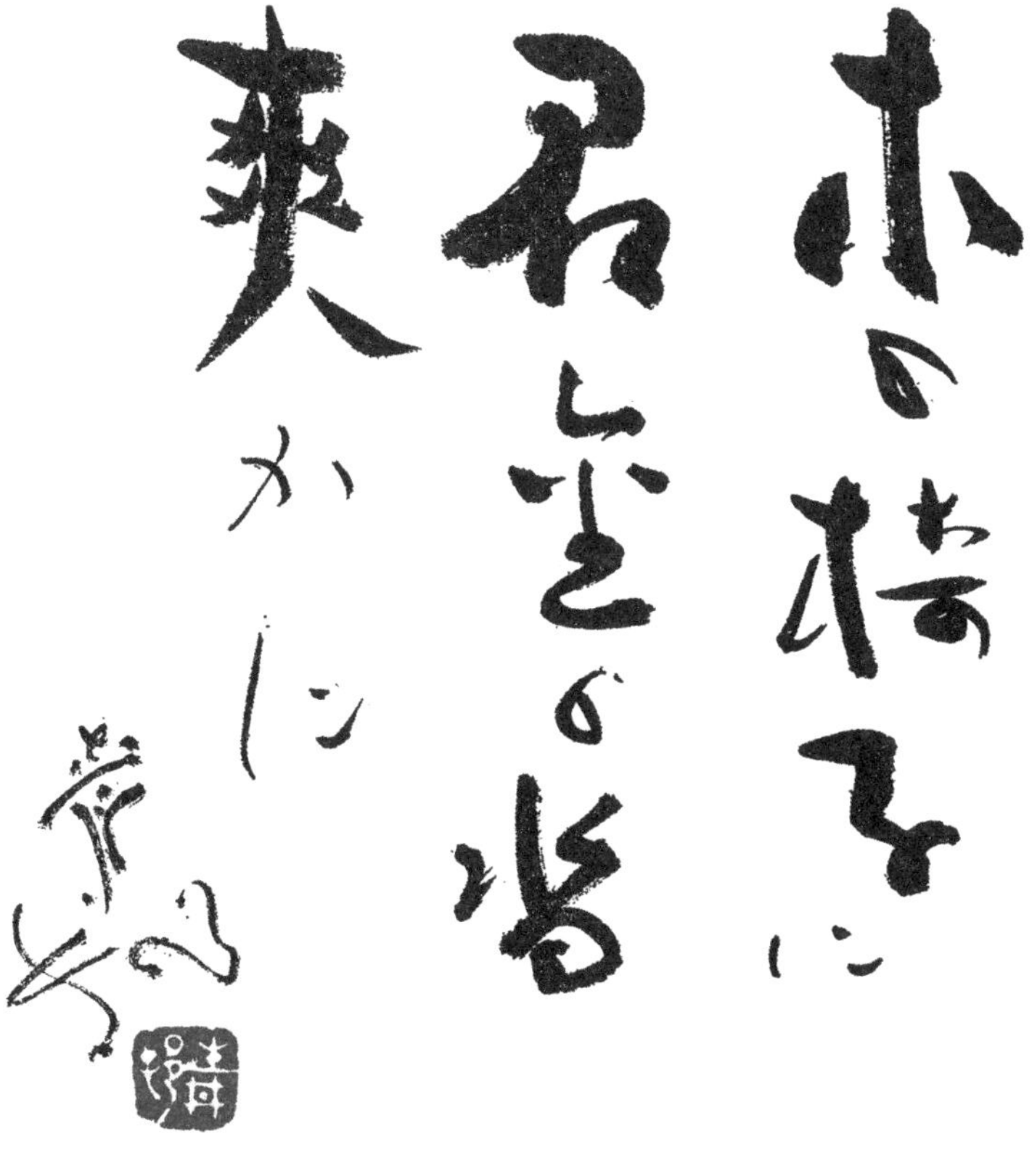
木の椅子に
君と笑が皆
爽かに

木の椅子に君金の沓爽かに

青邨

この一巻を「藍生」の仲間に捧げます。

昭和五十六年に初版発行の黒田杏子第一句集
『木の椅子』は、第六回現代俳句女流賞、
第五回俳人協会新人賞を受賞いたしました。

句集　木の椅子　増補新装版

目次

カバー写真について

藍染めの手入れ撹拌の様子。藍の葉を発酵・熟成させた染料の「蒅《すくも》」に灰汁などを加え、さらに発酵させて染められる状態にすることを「藍を建てる」という。発酵という名のとおり藍は生きており、藍が建つと、藍甕にはたくさんの藍の華が咲く。

夕桜藍甕くらく藍激す　黒田杏子

装幀——髙林昭太

I

句集　木の椅子

昭和四十九年まで

十二支みな闇に逃げこむ走馬燈

いつよりの義眼走馬燈売る人の

伝法院ほほづきの香に門閉ざす

稲妻の緑釉を浴ぶ野の果に

木下闇玄関杏いろに灯す

秋の蝶ちひさし真間の継橋も

七部集七夜をかけて虫に読む

昼休みみじかくて草青みたり

金柑を星のごと煮る霜夜かな

李咲き母の割烹着の白さ

ホメロスの兵士佇む月の稲架

月の稲架古墳にありてなほ解かず
はにわ乾くすみれに触れてきし風に
野分して絵馬の願のおびただし

かもめ食堂空色の扉の冬籠

花衣描きつぎ木地師春を待つ

雪女郎恋文氷柱のペンで書く

太刀魚を買ふ汚れなき夕銀貨

四万六千日飢餓絵図の婆靴磨く

芭蕉照らす月ゲルニカの女の顔

ブレザーの金の釦の月昇る

古書市のテントをたたむ月光に

墨買ふやひそやかに来し一葉忌

ぼろ市の裏側の日に布団干す

葱一本買ひ野良犬に慕はるる

昭和五十年

夕桜藍甕くらく藍激す

櫛形のレモンの月や水草生ふ

短夜の金魚は己が鰭に棲む

ごきぶりの罠組立てて誕生日

べつかふ飴青水無月の森透かす

休診の父と来てをり崩れ簗

吊革に立ち都鳥荒れにけり

仕事休みたき日なり都鳥ま白

黄落は火よりもはげし一葉忌

現世もかの世もかなし火を焚きて

小春日や木馬に傷のおびただし

釧路鶴居村　十句

雪片のまつげに積もる鶴の村

丹頂が来る日輪の彼方より

雪嶺へひかりの矢数鶴翔けり

双鶴を生きて仰ぐや木葉髪

逆光に歩めば巨いなる鶴よ

雪嶺へ身を反らすとき鶴の声

雪原に葭の矢折れて鶴の村

鶴の野に廃校ひとつ雪しまく

鶴の塒川にありけり雪の嶺

あたらしき雪の曠野の葭の列

昭和五十一年

かよひ路のわが橋いくつ都鳥

草矢もてひそかな賭を日に放つ

店たたむあひだもまはり走馬燈

橋からの眺め橋得て露けしや

さざなみの痕の黒き洲都鳥

榛の木の列十月の雲低し

木の実降る鑿あとくらき微笑佛

立読みのうしろに冬の来てをりぬ

山茶花も白封筒もつめたしや

冬の日や面やゝ伏せて奪衣婆

猪《しし》撃つて秩父夜祭待つばかり

語り継ぐ絹市のこと十二月

昭和五十二年

一月の汚れやすくてかなしき手

半日の休暇をとれば地虫出づ

蕗を煮て誰の忌なりや籠りけり

ひるがほに暾《あさひ》おとうとの忌が近し

暗室に男籠りぬ梅雨の月

蚊を打つてそのこと忘れ米をとぐ

梅雨の月泛べし川をまた渡る

短夜の野良犬さびしなかぬとき

緑蔭は深し馬車待つごとく佇つ

長き橋わたり来て買ふ走馬燈

船着場にて七月の森にほふ

河童忌や木場夕焼くるかぎりなし

七月のかもめとくぐる清洲橋

佃島大祭

この島の炎ゆる日月大幟

土用東風幟やぐらは艪の音す

岩手下前　子規の碑

萩刈つて山の日に置く詩碑ひとつ

小布施岩松院　北斎天井絵

仰臥して視る鳳凰図蟬しぐれ

連衆のひとりのをみな桃青忌

小春日やりんりんと鳴る耳環欲し

荷風の川北斎の川冬鷗

残像に揺れ紙屑とゆりかもめ

白葱のひかりの棒をいま刻む

柚子湯してあしたのあしたおもふかな

昭和五十三年

野にひかるものみな墓群冬の虹

湖北渡岸寺へ

観音の指先に冬きてをりぬ

冬田より子の声がして鳶の笛

冬虹や野の果に売る湖の魚

西彼杵半島

漁婦マリア鹿尾菜したたるまゝに負ふ

鳥雲に島に十二の天主堂

青邨先生ご夫妻に蹤き琵琶湖をめぐる　十七句

湖わたる風はなにいろ更衣

椎落葉踏めばどこかに水の音

とかげ生れ忽然として湖に向く

藤棚の花の了りはなつかしき

夜振火の吹かるるごとくまた移る

湖に出て人何惜しむ行々子

虚子句碑

石柱に句は一行の湖薄暑

代田にてをみなは昏るる余呉湖

蟬生れて佛足石に声降らす

一茎のあざみを挿せば野のごとし

漂ひて湖心へ流れ春の鴨

亀の子のみなその石に執着す

菅浦や湖光に吊す種袋

叉《さ》手《で》網《あみ》の若鮎乱す湖の午後

旅人の目を見て啼きぬ羽抜鶏

鮒を押す水に流るる雲五月

鮮しき日に傷みゆく白牡丹

桐高く咲くや会津に山の雨

琴つくる桐の木桐の花咲けり

旅鞄つめ替へてをり春の雷

ある日挿す噺つり草と白木槿

朝市の桃の重さを婆が言ふ

盛岡南部邸跡　青邨句碑除幕

うつくしきもの献饌の走り諸

蟬しぐれ木椅子のどこか朽ちはじむ

一本の背骨はありぬ昼寝覚

木曾　奈良井

栃の実をふたつひろへば峠冷ゆ

ひとひとり碑裏にかくす昼の虫

真清水の音のあたりにしじみ蝶

ひとりづつ寝落つ旅籠のちちろ虫

連衆のひとりは寝落つ木曾の月

花了る木曾のひまはり峠口

ぎんやんまぶつかり合つて板碑越ゆ

木曾　藪原

盆過ぎのをんなの双掌櫛を研ぐ

櫛を研ぐ女人に座あり秋の声

夏果や櫛研ぎためて女の座

櫛みがく西瓜の種は日に乾き

いんげんの花にふれても木曾は冷ゆ

越中八尾

葛原を母と越え来し風の盆

屋台組む加賀のをんなや風の盆

深藺笠たもとは長し風の盆

胡弓弾きやまぬ越中風の盆

立読みの中のひとりや一葉忌

暗室の男のために秋刀魚焼く

須坂臥龍山　青邨句碑除幕

秋天やひとつの石に人集ふ

しぐるるや北斎屏風七小町

遠ざかるとき鮮やかに秋の虹

初老とは四十のをんな浮寝鳥

朝市の地に売るものはすでに冷ゆ

昂然としぐるる街のかほひとつ

北斎てふ男ありけり栗を剝く

蹤いてゆく十一月の石畳

火恋し世阿弥読むこと重ねつゝ

鴨のこゑ湖波傷みやすきかな

昭和五十四年

乾季の南インド行　二十九句

炎天や行者の杖が地をたたく

鈴の音は片蔭に止む牛車

供花ひさぐ婆の地べたに油照

打水やいづこより湧く人の群

沐浴のサリーを遠く牛冷す

檻《らん》褸《る》土に人をつつめり旱星

向日葵の波を牛車の列が越ゆ

粗朶負女ゆるやかに去る大花野

蚊柱や癩者の影は窓に倚る

香油売る男の手より夏の闇

地に坐せばサリーかがやく胡麻を打つ

牛追の跫《あし》音《おと》沈む熱砂かな

月明や手品師の背に海はあり

往還にばらまきて干す籾の金

トランプを大地に賭くる灯取虫

菜の花や夕陽に染まる頭陀袋

ボンベイの日暮は茄子のいろに似る

月光の浜昼顔は地に満てり

裸子を横抱きにきて水汲女

干草の牛車は星に繋ぐべし

何か待つまなざし深き白日傘

瓜を売る地に一燭を立てにけり

サリー織る筬音ばかり雲の峰

行商婦石にめつむる青胡椒

明易や声《しやう》明《みやう》に似る地曳唄

手相師の水打つて敷く一筵

籾干すや老婆の布衣は地に乾く

夕焼けて牛車は天に浮くごとし

蚊を打つや男昏れゆく板《いた》骨牌《がるた》

七種や母の火桶は蔵の中

嵯峨清涼寺　釈迦堂

涅槃図やしづかにおろす旅鞄

涅槃図の一隅あをし孔雀立つ

松本

きさらぎや久女の墓にかほ映す

鳥影のしたたるごとしはだれ雪

山葵田のはたらく人に春の雪

わさび田の冬の手帳を埋めつくす

凍解のどつとかがやく登山口

引きのこしおきたる母子草咲けり

軒下に濃きすみれある深《ふか》睡《ねむり》

茎立やきのふは遠しをととひも

国東半島　六句

みつまたの花に日あたる行者道

桑解くや朝日の中の行者窟

げんげ田の板碑の影を鋤き返す

加持を受く婆の二列や桃の花

宇佐神宮

巫女の間のたたみに残る寒さかな

国東や庫裏にかがやく蓬餅

春雷のゆたかにわたる夜をひとり

たつぷりと暮れてしまひぬ桐の花

宮崎行重なりて　四句

はれやかにきて春潮の荒き渦

葉桜や午後は藍濃き日向灘

あをあをと日向は暮るる冷汁

連翹の花垣透かす日向灘

雲垂れて湖北にのこる鴨のこゑ

船底の隅に目つむる春遍路

青あらし鬱と座にあり面打師

松蟬や板戸に地獄極楽図

柏原　八句

一茶の句附木にのこる雪解風

巣つばめや土間に縮めて野鍛治の火

雪解水ごくごく飲んで寝ねがたし

借りて読む七番日記春炬燵

春霖や土蔵を出でしときにほふ

二之倉へ半里は近し雪解風

菩提寺の句碑のひかりや春の鵙

雪解のふとんは重し柏原

蕗むくや水中の指すでに老ゆ

青梅の籠に満ちくるくらさかな

繍線菊の咲けばほのかに兄恋し

筒鳥や木地師に昼の濁り酒

花柘榴切火のごとし四十歳

象潟　酒田

きさがたのひるがほ紅をしぼりけり

千年の椨の根躍る昼寝覚

きさがたや夕焼をかへす木々の幹

鳥海山の雪痕昏れて月にほふ

文月やそばがらこぼす旅枕

星合の夜の海へゆく男下駄

きさがたや臥して網戸の月はあり

即身の二佛にまみゆ旱寺

筒鳥やほのと朝日の翁の碑

五島列島　六句

青桃に夕陽はとどく天主堂《カテドラル》

山百合の屋根にひらきしまひるかな

はまゆふやひと遠ければなつかしき

稲妻の枕を染めし深緑

ダチュラ咲く水底に似て島の闇

ダチュラは曼陀羅華のこと

はまゆふは戸毎にひらく濤の上

肉炙るなどかなしけれ昼の虫

御射山奥社

山の蛾のしろじろときて穂屋祭

羽の国や蚊帳に放ちし青螢

近づきて塔のくらさの秋時雨

十一世高麗左衛門芙蓉挿す

鴨百羽川の片側遡る

螺鈿師のふり向きざまに火恋し

はらごの女の指をこぼれけり

晴天のどこかがさむし菊の武者

みちのくの菊のひかりにつまづくや

天窓の秋ふるさとの荒れやすし

ちちははの老いてわれあり紅葉狩

靴磨座をととのへて冬近き

蕎麦掻や涙もろきは父に似る

あたらしき十一月の墓ひとつ

唇にくる雨の一粒一茶の忌

午後となるさくらもみぢのあかるさに

旅の夜のごとく語るや榾明り

鈴鴨のかぞへ切れずにまぶしき日

地下道に風上はあり暦売

木の葉髪いつか身に添ふ旅鞄

柚子湯してけふとあしたの間《あはひ》かな

昭和五十五年八月まで

恒例雑草園初句会　一句

檜葉垣の内に句座ある二日かな

鏡中に春著の絹の紐鳴らす

飾してわれにもちさき書斎あり

毛衣の四日のをんな鬼子母神

飾焚くけむりのゆくへ寿老人

あをあをと薺の粥を吹きにけり

出雲崎など寒中行　十四句

申歳の旅のはじめに懐炉灰

海鳴のたたみはあをし寒の内

堂守のつぶやきやまぬ軒氷柱

はたはたを干せば低しや雲の群

こめかみに膏薬かたし鰤起

鞘堂の内はあかるし雪時雨

墓山の芽ぶかんとして佐渡が見ゆ

ある日彼どつと老い増す冬帽子

旅人の一歩を入れて山眠る

濡縁に冬日を置けば庵なる
良寛五合庵

火を焚くや軍手のいろの海かもめ

はれやかに佐渡は近しや寒卵

墓山の捨石ひとつあたたかし

風囲して鶏の眼をとぎすます

再びインドへ　十一句

大旱の野に摘みためて唐辛子

粟熟れて水甕の列ひかり過ぐ

河涸れてゐて白蝶のおびただし

巡礼に皀角子の実は垂れにけり

幽閉の家吹き抜けて立葵

藍甕を軒の深きに羽抜鶏

炎帝や女神の膝に石の琴

綿を繰る素焼のまゝに水の壺

布染めて屋根にはじまる星月夜

糸紡ぐ女の庭の胡麻乾く

牛老いて収穫祭に坐り込む

芹茹でて一日を籠る風の音

火を使ふことのゆたけし蕗の薹

籠の底馬鈴《い》薯《も》の芽紅し旅立たな

涅槃図の寺旅人を泊めにけり

阿国忌の花として挿す櫨子かな

父の世の木椅子一脚百千鳥

かたかごの雨に蹰めば男老ゆ

おうとと髪切虫に耳澄ます

大粒の星に摘み足す山椒の芽

矢車のひとつ鳴り出す朝日谷

芹茹でて母の手小さき女の手

鳥の名をききわけてゐる諸葛菜

青蘆のこころにみたす風の音

母刀自のみちのくことば藤灯る

雨霽るる末摘花のいのちかな

おとうとの忌日をつつむ青しぐれ

風上の男はさびし花菖蒲

母の幸何もて糧る藍ゆかた

ふるさとの水はうましや夏燕

星合の運河の窓は灯りけり

この家のまひるは寂し茗荷の子

宿浴衣はりりと鳴らす日本海

きのふよりあしたが恋し青螢

夾竹桃天へ咲き継ぐ爆心地

夏霧やたちまち濡るる母の髪

佐渡行　十五句

朝市の菊の花びら糧りけり

掌中の桃はにほへり安吾の碑

手花火も連絡船の荷のひとつ

花さびた車窓の髪の冷えにけり

青柿や忌日のごとく集ひくる

花合歓や雨露ひかる釜の口

鎌の口は金山鉱道入口

減反の小佐渡にひとり菜種刈

青葉木菟島に着きたる宵の口

磨崖佛おほむらさきを放ちけり

踞みても佇ちても無宿梅雨の墓

日に透けて流人の墓のかたつむり

青葉木菟島のそばがら固枕

青葉木菟なきやめばまた濤の音

梅雨岬鏡の奥を磨きけり

牛蛙野にゆるされてひとり旅

秋蟬や土間を暗めて蹴轆轤

花火師の河原をはしる黒づくめ

梅雨の傘老いゆくときの独り言

邯鄲や水もてきよむ皿小鉢

身延丸畑　八句

日盛のをみなはさびし白行衣

身を容れてかなかなの谷暮れんとす

蚊柱や怒り肩なる御札売

青柿のしんと落ちたる鎖犬

夏薊野にあたらしき誕生日

眠り蚕の夏桑にほふ五智如来

眠り蚕のかなしきにほひ山の霧

癩園の見えて暮れゆく河鹿沢

芋串のすこし欠けたる黄瀬戸かな

宇都宮　多気山

青柚子や風の濡れたる濡佛

羽抜鶏ばさと降りたる水子佛

黒羽行

水引の紅立ち揺るる山の雨

朝霧の野に截りためて唐辛子

ひろびろと処暑のたたみを踏みわたる

かまつかのさえざえと濡れ翁道

鮎落ちて那須野ヶ原の夕火種

錆鮎に打ちて野州のをどり串

簗に置く生簀の魚のただ暗し

ちちははの在りて千本しめぢかな

大夕立素顔のまゝにをんな老ゆ

跋

――黒田杏子論――

古舘　曹人

ある日挿す蠏つり草と白木槿
引きのこしおきたる母子草咲けり
軒下に濃きすみれある深睡《ふかねむり》
繡線菊の咲けばほのかに兄恋し
山百合の屋根にひらきしまひるかな
阿国忌の花として挿す櫨子かな
鳥の名をききわけてゐる諸葛菜

壺に挿した白い木槿の花が庭の強い日差に応へてふくよかに咲いてゐる、その夏のある日。庭隅で摘んだ蠏吊草を無雑作に挿し添へると、その清楚なみどりが木槿を一層引き立たせた。春になってたんぽぽもはこべも佛の座も庭に咲いた。そしてその中に母子草が黄色い可憐な花をひらいた。ほかの草と違って、草取りのとき予め抜かないで残しておいた大切な御形《ごぎやう》の花なのだ。旅館の軒下に濃紫の菫が咲いてゐて、その鮮烈な印象のために、まるで菫の花園に褥をのべてゐるやうだ。村は寝しづまり、旅人も心やすらかに夢境に入る。繍線菊の花が淡紅色の泡のやうに葉を蔽って浮き出して見える。夏の日を透して、あたり一面が風に揺れる。ふと兄の住む故郷の家を思ふ。兄妹の昔の思ひ出が美しく仄かに蘇る。油照りの大海の島に蜑家が潮風を受けて屯してゐる。その屋根に伸びた山百合が真白な花びらの中に赤褐色の斑点を見せて天にかっと開いてゐる、五島列島の真昼の静寂。櫨子の花の一枝を机上に挿した。今日は出雲阿国の忌日。歌舞伎の阿国には少し地味過ぎるかも知れない。しかし阿国の波瀾の一生と素朴な墓石を偲べば、この火の色をした野の花の方が哀れでよいとも思はれる。四十雀、駒鳥、黄鶲、小瑠璃いろ〳〵な小鳥が囀る。鳥影は見えないが声は林に谺し、すでに夏のやうな木蔭に坐ると、山荘の裏に諸葛菜の紫が溢れてゐるのが見える。

杏子句集『木の椅子』に草花の句が多い。菫、昼顔、夏薊、隠元の花、菜の花、母子草、紫雲英、繍線菊、浜木綿、山百合、曼陀羅華、堅香子、櫨子の花、諸葛菜、末摘花、花菖蒲、水引の花、雁来紅、立葵など百花繚乱。杏子は本郷の医師の家に生まれたが、昭和十九年六歳のとき栃木県黒羽に疎開して以来、戦後一家が南那須村に移住、高校は宇都宮。昭和三十二年東京女子大に入学するまで栃木県で暮してゐることが草花の句の多い理由である。草花の季題が幼少女期の生活の中で生き生きと身体で受けとめられてゐることが、旅にも日常にも花に囲まれた俳人を作りあげた。

釧路鶴居村

双鶴を生きて仰ぐや木葉髪

小布施岩松院　北斎天井絵

仰臥して視る鳳凰図蟬しぐれ

湖北渡岸寺

冬虹や野の果に売る湖の魚

木曾奈良井

栃の実をふたつひろへば峠冷ゆ

須坂臥龍山

遠ざかるとき鮮やかに秋の虹

十一月阿寒の丹頂鶴が湿原の雪の上に飛来する。番ひの鶴が何組も林の間から現はれるときはまさに天女、風花を黒髪に受けて杏子は天女を仰ぐ。生きる歓喜が湧き上る。小布施の岩松院本堂の天井に北斎の真紅の大鳳凰が舞って烱々と睥睨する。赤い絨緞に仰向けになると、ヴァチカンのミケランジェロの「最後の審判」を思ひ出す。蟬時雨の合唱。渡岸寺を出て振り返へると杉の間から垂直に虹が立ってゐた。鮴売が籠を肩にかけてすれ違ふ。湖北のはるかな旅をしみ〴〵と思ふ。奈良井の峠に巨大な栃の古木が山の霊のやうに茂ってゐた。栃の実を二つほど拾って掌に握りしめると、山野の声とともに山の冷気がひし〳〵と身に沁みてくるのであった。臥龍山の彼方の山の端に林檎よりも鮮やかに虹が尾を曳いた。みな一せいに足をとどめて、その神霊を仰ぐ。鳥威と稲刈の田園を去らうとするときであったのでいよ〳〵秋虹を惜むのだった。

さて、一般論として女性の旅行吟は風土性が稀薄であると私は思ふ。女性はすれ違った人の頭から爪先までの服装を一瞬に正確にとらへる能力をもってゐるので、旅行の歓びとか哀愁などの情緒性はよく表現される。しかし風土性とはそれとまるで反対の思想性を不可欠とするために女性は本来的に不得手なのである。
風土性の習練には先づ日常吟の深まりが肝心である。

かよひ路のわが橋いくつ都鳥

ひるがほに暾《あさひ》おとうとの忌が近し

暗室に男籠りぬ梅雨の月

肉炙るなどかなしけれ昼の虫

柚子湯してけふとあしたの間《あはひ》かな

杏子の通勤路に隅田川があり、橋があり、都鳥がある。〈七月のかもめとくぐる清洲橋〉。彼女には医師の父、俳人の母、兄姉妹弟があり、五人兄弟のまん中。〈母の幸何もて糧る藍ゆかた〉。会社員の夫の余技は写真、リアリズム写真集団所属。杏子は職業人であり且つ主婦である。〈白葱のひかりの棒をいま刻む〉。旅行吟と日常吟は本来別のものではなく、ともに平常心の深さに支へられる。
また彼女の作品に男や女がよく登場する。

ある日彼どつと老い増す冬帽子

初老とは四十のをんな浮寝鳥

風上の男はさびし花菖蒲

日盛のをみなはさびし白行衣

北斎てふ男ありけり栗を剝く

芭蕉照らす月ゲルニカの女の顔

冬帽子と浮寝鳥とともに男女の老の人生を感じ、花菖蒲や日盛の白行衣の中に男女の哀愁を見、そして北斎やピカソのゲルニカに男女の肯定的能動的な理想像を確認する。

かくして杏子が俳句の風土性に豁然と目覚めたのは、昭和五十四年と五十五年の二回に亘って敢行された印度紀行である。この旅は吟遊が目的ではなく、一行は印度研究家に瀬戸内寂聴・横尾忠則等を加へた異色のメンバーであった。

供花ひさぐ婆の地べたに油照

向日葵の波を牛車の列が越ゆ

干草の牛車は星に繋ぐべし

瓜を売る地に一燭を立てにけり

蚊を打つや男昏れゆく板骨牌《いたがるた》
河涸れてゐて白蝶のおびただし
布染めて屋根にはじまる星月夜

一ヶ月を越える日程で第一回は南部、次回は中部へと旅を続けた。作者の眼に触れたものはアジャンタ・エローラの石窟であり、仏教壁画・ヒンドゥ遺蹟であり、灼土を素足で歩く行者達、夕焼にはてなく染まる牛車の群、大地の上で骨牌に興ずる男や供花を売る老婆の実在、そしてとこしへにかはらぬガンジスの聖流であった。落飾した寂聴や印度研究者達の中に混って、印度の風土は杏子に熱狂的な感動を与へずにはおかなかった。しかも最も興味あることは、おそらく彼女も予想もしなかった幼年期の南那須地方の山河と生活がありありと蘇へったことである。印度と那須野ケ原の関連は作者自身の中だけにあるものだ。しかしその心があればこそ印度を故郷として愛することができるのだ。風土性とは旅吟と日常吟に共通する平常心即ち愛なのである。印度紀行以来彼女は生れ変ったやうにスケールの大きな根性の強い作品を発表するやうになったのである。

杏子は東京女子大の白塔会で山口青邨先生の門を叩き、昭和五十年夏草新人賞受賞、翌年夏草同人となった。新人らしい溌達さからくる破天荒の一面と、人生の吐息のやうなやさしい抒情の一面との両極があって、この統合が期待されたのであった。私は横浜の戸塚から青山に舞ひ戻った昭和四十八年ころから句会で杏子と顔を合はせる機会が多くなる。私が彼女に厳しく要望したことは男性の中で句作せよといふことであった。木曜会は昭和二十年代から続いてゐる句会であるが、この時期は苦業にも似た吟行と一期一会の激しい句会の連続で木曜会自体が一新してゐた。彼女は木曜会の有力なメンバーとして没入するとともに男ばかりの吟行に紅一点で参加し、頑強な体力と旺盛な気力で男性に伍して活動してゐる。俳句作品において男女の区別は老若の差よりも僅少であると思ふ。久女もみどり女も多佳子も男の作家の真只中で修練し頭角をあらはしたのである。

　稲妻の緑釉を浴ぶ野の果に

　小春日やりんりんと鳴る耳環欲し

　　盛岡南部邸跡　青邨句碑除幕

　うつくしきもの献饌の走り諸

一本の背骨はありぬ昼寝覚
涅槃図やしづかにおろす旅鞄
きさがたや臥して網戸の月はあり
父の世の木椅子一脚百千鳥
磨崖佛おほむらさきを放ちけり
鮎落ちて那須野ヶ原の夕火種
簗に置く生簀の魚のただ暗し

家を遠くはなれきて、緑色の釉薬を浴びるやうに稲光を全身に受けて立つ姿は凄絶そのものである。耳環に猫の鈴のやうにりんりんと鳴るものがあるのだろうか。しかし小春日に心が晴れ晴れとすると、装身具のすべてが鳴り出すやうだ。句碑除幕の日。茄子や南瓜などの供物に混って、洗い上げたばかりの輝くやうな紅い薩摩諸があった。まだ六月でまさに走りだ。今日の祝ひに最高。昼寝から覚めて起き上った。身体全体がまだ覚めきってゐないが、一本の背骨だけが目覚めて殊勝にも身体を支へてゐる。壁一杯に掛けられた寝釈迦をとりまく群像と鳥獣。大涅槃図の前に立って、眼を外さないまゝ、肩にずっしりと重い旅のショルダーバッグをしづかに〳〵おろす。蚶満寺も鳥海山も夜の闇に消えて、いま象潟の宿に就寝のときがくる。網戸の月を仰ぎながら芭蕉の道を想ふ。木組のしっかりした一脚の木椅子がベランダにのこってゐる。父の時代の古色蒼然たるものであるがなくてはならない点景の一つ。百千鳥が庭に騒ぐ日も木椅子はいつものところに在る。佐渡の宿根木海蝕洞穴の中には三尊と大小の摩崖佛が水滴に濡れて、燦々と日が差し込んでゐた。洞穴の入口を塞ぐ巨大な椨の木、その梢へ一羽の大きな蝶が飛びたった。大紫蝶である。まさに磨崖佛がこのむらさきの日本の国蝶を天に放ったのである。那須野ケ原を那珂川が豊かに流れてゐる。丁度落鮎の秋の夕べに、鮎を焼く火種であらうか、紅い点が炎えてゐる。簗簀に跳び上った鮎をつかんでは生簀に放つ。籠を覗けば鮎のほか別の小魚も混ってゐるやうだ。しかし何匹くらいゐるのか底が暗くて見えない。川瀬は夏の日に輝いて、魚簗をかけ上ってくるのであった。

杏子は広告会社の社員である。おそらく女性特有の感性を働かせて男の中で精力的に仕事をしてゐる。プロデュースの仕事でプロになることが今後の十年にかゝってゐるやうに私は推測してゐる。最も尊敬する青邨先生をはじめ、夏草や俳壇そして仕事上の知人と広範囲に多彩な友人をもってゐることが何よりの強みであって、俳句人生をプロフェッショナルな職業と併行して如何に発展させるかが今後の期待なのである。

あとがき

卒業以来、およそ十年近くも、俳句は見ることすら避けてきた。自分のおもいを託すにはこの詩型はあまりにも制約がありすぎ、かついささかの虚構も許さないのであった。

しかし、ある日突然、俳句をまた作ってみたいという衝動に駆られた。鮭が生れた川へ回帰するように学生時代にご指導頂いた山口青邨先生へ迷うことなく直行した。

まず、白塔句会に復帰、以後先生ご出席の会のいくつかと自主的な勉強会のいくつかにも所属して現在に至っている。私は「夏草」に学ぶことを何よりも誇りに思っている。

今回、はじめての作品集を出すにあたってあらためてふり返ってみると、私の俳句創作活動を根本的に支えてきたものは、山口青邨先生の存在と勉強句会・木曜会の連衆の存在であった。この二つが両輪のように働いて、ともかくも私に停滞を許さなかった。しかし、個人に停滞のなかったことと作品の客観的価値は別である。

句集を編むことは即ち過去との訣別であった。句稿を決定した段階で、すでに私のこころは100％、次なる地平をめざす歩みに移ってしまったことを感じている。

勤めをもってから実に大勢のすぐれた専門家の方々を知った。とりわけこの数年間、私を常に励まし、新しい刺激を与えつづけて下さった方は作家・瀬戸内寂聴氏である。

人間として十全に生きるためには、如何に強靱な精神力が必要であるかということを氏は身をもって示されつづけている。

『木の椅子』は私個人のスペース、世界というほどの意味である。

青邨先生からは、このまぶしい序句を賜り、古舘曹人氏からは私の人生の指針書そのものの跋を頂いた。なんと私は果報者、なんとありがたいことであろう。このご恩に対し、未熟な私は、ただ今後も苦行・研鑽あるのみと覚悟を決めている。

昭和五十五年十二月三十一日　三度目のインドへ旅立つ日

黒田杏子

Ⅱ

現代俳句女流賞・選評

明るい感性の魅力

飯田　龍太

最後に絞られた数名の作品について、それぞれ遠慮のない発言のあったあと、満場一致で黒田杏子さんの受賞が決定した。ほっとしたとき、出版局の係りのひとが、所要時間三十何分でした、といった。

黒田杏子さんの作品は、決して巧緻精妙というのではないが、生得と思われる明るく若々しい感性がのびのびと示され、読後の印象がまことに爽やかである。感性そのものに瞭かな向日性がある。見たもの、感じたものに余分の粉飾をつけないのがいい。あるいは現代俳句の節穴に目を向けないのも、作品の鮮度を生み出すひとつの原因になっているのかもしれない。

今度のこの受賞は、他に例を求めるとすると、さしずめ直木賞より芥川賞の色彩が強いように思われる。すでに完成された俳人というより、これから存分に伸びる可能性を持ったひとだろうと思う。その期待に応え得るだけの確かな眼とこころを持ったひとだ。

溢れる新鮮味

鈴木　真砂女

第六回現代俳句女流賞は、それぞれの作品に秀れたものが多く、時間をかけて検討された末、黒田杏子さんの『木の椅子』に決定した。今までの受賞は完成された著名な女流作家がほとんどであったが、今回はこの新人を推した。黒田さんは山口青邨氏主宰の「夏草」に属し、その作品は新鮮味に溢れている。多少荒削りなところも無いではないが、読む者の心を引きつけるものがある。旅行吟も多くその若さから来るのだろうか自由奔放に詠みまくっている。この受賞がきっかけとなりぐんぐん延びてゆくことだろう。将来期待を裏切らない愉しみな作家であると思う。終りに私の好きな句を選んでみた。

十二支みな闇に逃げこむ走馬燈
はにわ乾くすみれに触れてきし風に
柚子湯してあしたのあしたおもふかな
一茎のあざみを挿せば野のごとし
朝市の地に売るものはすでに冷ゆ
涅槃図の一隅あをし孔雀立つ
茎立やきのふは遠しをととひも
旅人の一歩を入れて山眠る
風囲して鶏の眼をとぎすます
芹茹でて一日を籠る風の音

感想

野沢節子

黒田杏子さんの作品はなかなか豁達である。対象に対してものおじしない作句態度ですべて吸収しようとする積極性に溢れている。
そうした中で私をとらえたのは走馬燈と橋の句であった。

十二支みな闇に逃げこむ走馬燈
店たたむあひだもまはり走馬燈
長き橋わたり来て買ふ走馬燈

作者は広告関係の仕事のベテランとして活躍しておられると聞くが、これらの走馬燈の句から聞かれるものは過ぎゆくものへのはかなき愛惜のこころである。闇に逃げこむように消えてゆく十二支も、店をたたむ間も走りやまぬ走馬燈も、長い橋をわたって買う走馬燈にも、作者の時間への思いがさりげなく吐息となって聞かれ

るのである。また橋の句も、

かよひ路のわが橋いくつ都鳥
橋からの眺め橋得て露けしや
七月のかもめとくぐる清洲橋

どれもわが人生の橋として感慨がこもっているようである。豁達な活動的な作者のある一面をのぞいたようでこのもしく思われる。

連衆のひとりのをみな桃青忌
白葱のひかりの棒をいま刻む
桐高く咲くや会津に山の雨
蹤いてゆく十一月の石畳
一茶の句附木にのこる雪解風
磨崖佛おほむらさきを放ちけり

などは、俳句をしっかりわがものとした完成品である。未完成な点もかえって黒田さんの将来性を思わせる光がある作家である。

「木の椅子」選評　　細見　綾子

師の山口青邨さんが句集の帯に著者の紹介を書き、

かよひ路のわが橋いくつ都鳥

をあげておられる。この句が示すように著者は仕事をもち、その仕事に打ち込んで、いわゆる女性の仕事という域を出たもののように思う。その颯爽さは著者の生き方となり（或はそれが著者生来のものであるのかどうかわからない）それが俳句の上にもあらわれて、風通しのよい読後感をあたえる。

黒田杏子さんは俳句の上に於ても大志を抱いておられるようである。賛成である。

この句集に一人の女流俳人の将来が嘱望出来るという意味で、またその途上を認識させるよさがあるという意味で推した。

集中より数句をあげる。

亀の子のみなその石に執着す
鮮しき日に傷みゆく白牡丹
葛原を母と越え来し風の盆
蟬しぐれ木椅子のどこか朽ちはじむ
芹茹でて母の手小さき女の手
藤棚の花の了りはなつかしき
火を使ふことのゆたけし蕗の薹

闊達と清新と

森　澄雄

候補に上った各句集を討議していくうちにいつしか全選衡委員の意見が一致して黒田杏子氏の『木の椅子』に授賞が決定した。今回で本賞の六回目、いままでの桂信子・鷲谷七菜子・神尾久美子・中村苑子・大橋敦子の諸氏が、年齢的にも一つの円熟に達し、おのおの情感を深々としずめて完成した作品を示していたのに対し、今回は各委員にも、本賞の性格にそって、どこかに未知数をふくんだ清新で潑剌とした一回り年の若い新人を選びたい意向があり、期せずして黒田氏に決定した理由であろう。蓋をあけてみると歌人賞・詩人賞の中でも最も若く、四十代初期の受賞ははじめてである。

昼休みみじかくて草青みたり

かよひ路のわが橋いくつ都鳥

店たたむあひだもまはり走馬燈

立読みのうしろに冬の来てをりぬ
半日の休暇をとれば地虫出づ
青梅の籠に満ちくるくらさかな
鳥の名をききわけてゐる諸葛菜
風上の男はさびし花菖蒲

など、掲出の十句のほかの佳品とともに、夫を詠ったと思われる、

暗室の男のために秋刀魚焼く

あるいは年齢の感慨を詠った、

花柘榴切火のごとし四十歳
初老とは四十のをんな浮寝鳥

など、従来の受賞者にはない、まだ俳句にもの怖じしていない闊達さと清新さがある。正念場はこれからだが、いわばその未知数を多分にもったこの新人に期待したい。受賞おめでとう。

（提供・文化出版局）

「俳句とエッセイ」昭和57年4月号（牧羊社）

木の椅子の作者

瀬戸内　寂聴

ある日、黒田杏子さんが寂庵の座敷に坐っていた。まるい顔、まるい目、まるい軀、おかっぱのヘアスタイルに三宅一生のたっぷりした服が楽そうに着こなされていた。そんな女《ひと》にはじめて逢って心の和まない者はいないだろう。私は彼女がもう十年も昔から私の友人のひとりだったような錯覚を覚えた。たぶん、同じ星から来た人なのであろう。

彼女は私と同じ女子大を出て、広告会社でいきいきと働いていた。私より二十ちかく若い人だ。私が十代の終りに産んでいたらこんな娘がいるのかと、まるい目とまるい顔を見ていた。

それから何年のつきあいになったか。一緒に仕事もし、遠い旅にもつれだって出かけたり、私の故郷にも訪ねてくれたり、寂庵の四季にもみんな出逢ってもらったような気がする。ずいぶん親しくなった。その間、女には珍しい爽やかな面のあるのに気づいた。家族のことや家庭のことをおよそ話題にしない人であった。職場のぐちも聞いたことがなかった。聰明な人なのだと、内心尊敬していた。

今度もうひとつ女には珍しく自分を語らない人なのだと教えられた。彼女がひそかに俳句をつくっていたなど、私にはおよそ寝耳に水であったのだ。

句集『木の椅子』を贈ってもらってびっくりした。よくもかくしていてと怒りたいところだが、読み進むにつれ、その不満はかき消されていて、自然私は衿を正していた。彼女が肉親や夫君や家庭を語らないごとく、俳句について黙していたのは、それだけ彼女にとってはそれらのものが大切であったからだと納得することが出来た。

賞をさらうなと私は一読して直感した。しかしそれを杏子さんに告げなかった。彼女の真似をして、私も稀には自分の想いを押さえこんでおいて大切にあたためてみようと試みたのだ。私の予感は見事適中した。二つの賞が句集を飾った。今度のことで彼女がはじめて夫君について書いてきた。

「いちばん驚かないで当然という顔なのは、黒田勝雄氏です。結婚して十九年近いのですから私のどこをどう眺めてきたものやら。当り前という様子です。

私はこれまで自分が43年間こうして生きていること、いま存在していることが黒田勝雄氏の慈悲の中にあるような気すらします」

こんな美しい感謝のことばを二十年近くつれそった夫に捧げられる妻がまたとあろうか。

暗室に男籠りぬ梅雨の月
暗室の男のために秋刀魚焼く
ある日彼どつと老い増す冬帽子
蹤いてゆく十一月の石畳

二つの賞に輝く『木の椅子』の中にも、彼女はつつましやかにしか夫君を詠んだ句は選んでない。

正月前にインドへ旅立つ妻を見送りに来た人は、やさしい表情と深い目をしていた。

句集の題に「走馬燈」でも「鶴の村」でも「冬鷗」でもなく「木の椅子」を選んだ杏子さんが好きだ。

句は凝りすぎていないところがいいと思った。どれもみんな、化粧の跡のない水でぶるるんと洗ったばかりの素顔のような句で、気持がよかった。

金柑を星のごと煮る霜夜かな
葱一本買ひ野良犬に慕はるる
蕗を煮て誰の忌なりや籠りけり
白葱のひかりの棒をいま刻む

秋刀魚焼く句と共に、厨に立つ杏子さんの背姿は、キャリアウーマンとしての面しか見せてもらっていなかった私には、殊の外なつかしいことだった。

私は以前から人の句集を読むことが好きだった。句集の中で小説を書きたくさせてくれる句に屢々めぐりあうからだ。それは句としては名句とか秀句とか呼ぶにはふさわしくない場合が多い。それでも私にとって創作欲、想像力に刺戟を与えてくれない名句や秀句は無縁なのだ。『木の椅子』の中から、私はいくつも短篇小説になる核をもらった。たとえば、

かもめ食堂空色の扉の冬籠

こんな句を見ると、私のイメージは無限に広がっていく。北の海辺の人気ない砂浜、曇天の低く垂れこめた空、昏い潮の色、魚虫に喰い荒された破船、その影の中の片方の黄色いサンダル、砂に半分埋まった獣のどこかの骨、軽い斜視の顎の細い四十そこそこの女とその細い影。女はゆっくり砂の上から立ち上がり、けだるそうな歩き方で空色の扉に向かって進む。扉には二本の板切れが絆創膏を張ったように打ちつけてある。空色のペンキの一部ははげ、かもめ食堂の白い文字は烏食堂のように汚れている。遠い夏の輝かしい陽の光りが女の胸にあふれてくる。過ぎ去り遠くなったものはすべて美しい。

雪嶺へ身を反らすとき鶴の声

私もそこで聞いた鶴の声をありありと思いだす。何を忘れにいった旅であったただろうか。

ゆるやかにまぶしい空へ翅をひろげて舞い立った双鶴の荘厳さに、はるばる抱えて来た哀しみがふいに卑小に見えてきた一瞬を思いおこす。

星合の夜の海へゆく男下駄

「鶴の声」は三十枚位に、この句は十枚くらいの掌小説に書けそうな。ここまで書いてきてふと、杏子さんは後数年したら、ふいに小説を書きあげて、きょとんとしたまるい目をして、寂庵の玄関へ置いていくのではないかと思われてきた。私の死ぬまで、びっくりさせつづけてほしい。

柚子湯してけふとあしたの間《あはひ》かな

さあ、これから深夜の湯に漬り、わが背骨の一つ一つのつぶやきにしみじみと耳を傾けてやろう。杏子さんの今宵の眠りよまどかなれ。

「俳句とエッセイ」昭和57年4月号(牧羊社)

第5回俳人協会新人賞受賞者　黒田杏子

どこにいても似合う人

永　六輔

杏子さんは夜会服を着てシャンデリアの下にいても、長屋の路地で七輪をあおいでいても似合う人です。

デモの列の中にいても、それを無関心に見守る人達の中にいても似合う人です。

杏子さんはどこにいても風景の一部になってしまうのです。

異和感がないのです。

「女流俳人」とか「社団法人俳人協会」というような僕には奇妙に感じる名称すら、杏子さんがいることによって存在感が出て来るのです。

杏子さんが、五・七・五で風景を切りとることが出来ても、杏子さんを五・七・五で語ることは出来ません。

今、マスコミで活躍するコピーライターこそ歌人、俳人だというのが僕の持論なので、杏子さんが広告代理店に勤めていることを心強く思っていました。

逆にいえば喰えない歌人や俳人が働きやすいのが広告業界ですから、いつかは広告代理店も表彰して欲しいものです。

さて、僕も二十年来、句会を続けていますが、この句会は現金が飛び交います。句会というより鉄火場で稼いだ句が、良い句なのです。

杏子さんは、そういう句会でも、きっと異和感がないと思います。

杏子さんはきっと凰みたいな人なのです。


「俳句文学館」「顔」欄　昭和57年5月5日掲載

Ⅲ

呼吸について ——黒田杏子の宇宙——

長谷川　櫂

玉蟲のびゆんとふたつ落ちてきし

天の川、すなわち銀河系宇宙の端っこの方にある、われわれの太陽系には、太陽をひとつの中心にして水星、金星、地球、火星、木星、土星、天王星、海王星、冥王星の九個の惑星が楕円軌道を描きながら回転している。

これらの天体が、一本一本、音色の違う弦のように、それぞれ個有の音をもっていて、ただの沈黙のくらやみと思われている宇宙が、実は無数の天体の奏でる音のリズムと共鳴とハーモニーに満ちあふれている、という「天体の音楽」の想像は、大昔から今まで人間が描いたなかで、もっとも美しく壮大なビジョンのひとつだ。十七世紀ドイツの天文学者ヨハネス・ケプラーは惑星の運動法則をつきとめ、公転周期から、ひとつひとつの惑星の音楽を算出したりした。

最新の科学技術は「天体の音楽」がケプラーの思い過ごしではなく、まぎれもない真実であることを証明しつつある。シンセサイザーに連動させたコンピューターに惑星ごとの運動情報を入力すると、惑星の音や、それらの音のハーモニー、つまり天体の音楽をじかに聴くことができる。太陽にいちばん近い水星は金管楽器のようにさえずり、いちばん遠い冥王星はコントラバスのように低く低く轟く。

濡れた指で薄手のワイングラスの縁をこするとグラスが振動して鳴るように、惑星は太陽のまわりの楕円軌道をうなりながら回転しているのだ。

「玉蟲」の句を句会でみたとき、この「天体の音楽」が頭の後ろから響いてきたような気がした。びゅんとうなりながら空から落下してきた金緑色の昆虫は軌道をはずれてきた星屑か隕石のようにみえた。

いま読み返してみても、この印象は変らない。宇宙や天体を直接よんでいるわけではないのに、この句は、どういうわけか宇宙を感じさせる。

宇宙のリズムと通い合う深い呼吸が、この句をとらえているからだろう。

呼吸は息を吸って吐くことだが、息は吸いつづけることも吐きつづけることもできない。吸ったら吐かねばならない。吐いたら吸わなければならない。それは天体が楕円の軌道を行って、戻ってくるのと同じだ。

森羅万象のありとあらゆるものは、呼吸や天体の回転と同じ——吸って吐く、行って戻ってくるという根源的なリズムをもっている。昼と夜。潮の満ち干。打ち寄せる波。風。季節の変化。植物や動物の生長と死。昼ひらいて夕べに閉じる睡蓮の花。心臓の鼓動。

呼吸という単純で力強い原初のリズムが宇宙のいたるところで脈搏っている。この単純なリズムだけが移ろいつづける宇宙のなかで、ただひとつ実在するものなのだ。黒田杏子の俳句は深い呼吸である。呼吸をできるだけ深く大きくして、森羅万象の鼓動と共鳴しようとする。それが五・七・五の俳句になる。

黒田杏子を読む人は、そのことだけを腹にいれておけばよい。あとは何もいらない。ゆっくり言葉をたどりながら、言葉のリズムやイメージ、その言葉をとらえた作者の呼吸、その言葉がうたう森羅万象の鼓動に自分の呼吸を合わせるだけでよい。すると、そこに作者が呼吸したのと同じ、ひろびろとした世界がひらけてくる。

句がすでに文字に書かれ印刷されていても、言葉は文字や活字であるずっと以前に人間の息であった、ということを思い出して欲しい。

「玉蟲」の句が宇宙を感じさせるのは、この句の言葉が、そして、この句を得たときの作者の呼吸が、宇宙の鼓動と共鳴し合っているからなのだ。

それは他の句にもいえる。

秋の蝶ましろきものは西湖より

西湖《せいこ》は中国、杭州市の西にある湖。

「ましろきものは西湖より」は、青天の霹靂のごとき直観。上の「秋の蝶」とは紙一重で切れる。

「ましろきもの」とは蝶の白さ、さやけさでもあるだろうが、それだけにとどまらず、もっと多様なイメージを包んでいる。湖を渡ってくる風やさざ波。岸の樹木を白々と染めてゆく。強いていえば、この「ましろきもの」は「西」のイメージ。「西湖」の「西」。西湖のさらに西に「ましろきもの」はある。蝶はそこから吹かれてくる。

「秋の蝶」と「ましろきもの」というふたつの言葉は、いわばふたつの蝶のようにくっついたり離れたり、無心にもつれ合いながら遊んでいる。

作者は、このひろやかな湖水の風景を、風を、そして、「ましろきもの」をゆっくり呼吸する。作者の呼吸が宇宙の呼吸と重なり、心がはるか彼方で遊んでいる。その瞬間、「ましろきものは西湖より」という直観がひらめいたのだ。

この句をよむと、「まろしきものは西湖より」という優雅で力強い言葉の呼吸に乗って、やや哀しげな秋の湖水の風景が、明るく白い霞のなかから、しだいに目の前にたちあらわれてくる。

静かな力が満ちてくる。

いま、この「宇宙」という言葉を「花鳥」と言い替え、「呼吸」という言葉を「諷詠」と言い直せば、それはたちまち「花鳥諷詠」。虚子が唱えた「花鳥諷詠」とは、行きつくところ、こういうこと——人間と宇宙の呼吸がぴったり合うということではないだろうか。

さらに踏み込んでいえば、俳句に残っている五・七・五という言葉のリズム自体、昔から日本人が宇宙と呼吸を合わせるときのリズム——太鼓のようなもの——だったのではないだろうか。おそらく虚子はそのことを「花鳥諷詠」という呪文にした。

虚子の「花鳥諷詠」もケプラーの「天体の音楽」も同じこと。ただ虚子は自分の思想をあまりにも平明な言葉で語ったから、かえってわかりにくくなっているところもあるのだが。

俳句は、作者と言葉と宇宙――この三つの呼吸がぴったり合っているときにだけ、「リアル」という讃辞を捧げることができる。いくらものの形がよく写してあっても、息が通っていなければ、煩雑なだけでリアルとは感じられない。作者と宇宙の呼吸がひとつになって言葉の中に生々しく息づいているもの。それをリアルというのだ。

リアリズムとはもともとそういうものだろう。

俳句をよむことは宇宙と呼吸を合わせること、黒田杏子は、このリアリズムの手法を体質にしてしまっている。

南部富士たったひとりの田草取

人間は、ほかの動植物と同じく宇宙の中で生きている生命体である。だから、意識するしないにかかわらず、だれでも、生まれてから死ぬまで、あるいは死んでから生まれるまで森羅万象のさまざまな鼓動を受け続けている。また、自分自身もひとつの鼓動の発信源である。

しかし、それは、だれもが森羅万象の呼吸と共鳴し、その体験を作品にまで高めることができるということではない。

黒田杏子が――はたからはそうみえるのだが――いともやすやすと自分を包む世界と呼吸を合わせ溶けこむことができるのは、やはり、それなりの下地があるからだと思う。

「田草取」のような句をよむと、その下地が少しわかるような気がする。

南部富士は岩手県の名山、岩手山。東北本線に乗って盛岡をすぎると左に見えてくる山だ。その南部富士の麓の青々とひろがる水田で、農夫がたったひとり田の草をとっている。句はただそれだけの景色である。

しかし、耳の奥にしみる、この静けさはどうだろうか。

じりじり照りつける真夏の太陽。熱風に吹かれてさらさら音をたてる真っ青な稲。遠くの森で鳴きしきる蟬。そして、黙々と田草取りをつづけるひとりの農夫。ひろびろとした景色の中での自由な呼吸。

宇宙的としかいいようのない静けさ。

天体の讃歌。

いつのことだったか、何人かで話していたときのこと。ひとりの若い女性が「タバコの花ってみたことがない。どんな花ですか」と言い出した。

するると、黒田杏子は「父の田舎の栃木に疎開していたとき、たくさんあったのを覚えているわ。子供のときのことよ。農家の人が葉っぱを数えて干して出荷するのだけど、乾かした葉っぱを一枚一枚、てのひらで広げて、シワをのばすのを夜遅くまで手伝った。おとなの手は堅くてタバコの葉を痛めるから、こどもの柔らかな手がいいのね。眠るとき、両方のてのひらが、すばらしい匂いがしたわ」――と、タバコのうすももいろの花や、てのひらにしみこんだすばらしい匂いのことを、まるで少女の日に時間が逆戻りして、いま栃木の農家の土間に坐っているかのように、語るのだった。

少女のころの何年かの栃木での生活が、黒田杏子と宇宙との接点、橋渡しをしている。

黒田杏子は栃木の田園の中で森羅万象を呼吸する方法を身につけた。そして、てのひらをタバコの匂いに染めた少女の日々が今も、黒田杏子という華やかな人の奥の奥のしんと静まった部分をつくっている。

二、三年前の八月。数人が甲府盆地の一宮の桃畑に出かけた。

太陽は容赦なく照りつけ、足もとの乾いた土の上を熱風がさまよい、あざやかに紅く色づいた桃の実が緑の葉のかげに見え隠れする、まるでマチスの絵の中を巡礼のように歩いた。

せせらぎにかかった石の橋を渡ると、古ぼけたお寺に出た。山門をくぐった境内には大きな樹が何本かあって蟬が鳴きしきっている。

藍の作務衣という、いつもの出でたちの黒田さんは、しばらく、お堂の広い縁側に腰かけていたが、いつのまにか、そのままあおむけになって眠ってしまった。

どれくらい時間がたったろうか。

真昼の日がかげりはじめ、大木の蟬が鳴きやんできた。黒田さんはゆっくり起き上がると、こういった。

「さあ、そろそろ参りましょうか」

「俳壇」昭和62年9月号（本阿弥書店）

黒田杏子論　――その新・宇宙論――

筑紫磐井

1

木下闇玄関杏いろに灯す
十二支みな闇に逃げこむ走馬燈
かよひ路のわが橋いくつ都鳥
白葱のひかりの棒をいま刻む
暗室の男のために秋刀魚焼く
蹤いてゆく十一月の石畳
鳥の名をききわけてゐる諸葛菜

黒田杏子の第一句集『木の椅子』が出てからもう十年経とうとしているが、この句集はこの間不思議な人気を保ち得ている。それは、初版以後も、「現代の女流俳人」

「俳人協会新人賞作品集」といったアンソロジーに何回も載録されていること、昨年は遂に『木の椅子』が十年前と同じ出版社から新装版として再び出されたことからもよくうかがえる。

生命の長いこの句集は、ある意味で黒田杏子の俳句の特色を良く出しているようにも思われる。従ってまず、この第一句集こそ黒田杏子を知る上で不可欠な資料だと言わねばならない。

掲出の七句は現代俳句女流賞や俳人協会新人賞を受けたこの句集を紹介するときに必ず引き合いに出される作品であるが、いきなりこれらの句に入る前に『木の椅子』の中から次のような句を取り上げて、黒田杏子論の序章としてみたい。

一月の汚れやすくてかなしき手
短夜の野良犬さびしなかぬとき
肉炙るなどかなしけれ昼の虫
ふるさとの水はうましや夏燕
この家のまひるは寂し茗荷の子

黒田杏子を論ずるとき、これらの句は、一句一句で鑑賞されても余りセットで取り上げられることはない。しかし、問題意識をもってみると、これらは全部が全部必ずしも『木の椅子』の代表句という訳ではないかも知れないが、黒田杏子の俳句の特質をかなり分かり易く示すのではないかと思っている。

普通、俳句の手ほどきの段階で言われるのは、悲し・寂し・美しなどの主情的な言葉は決して使わぬようにということである。この点については(ホトトギス系の)写生派での指導はことのほかうるさいと聞く。しかし、上にあげたように黒田杏子は第一句集の中でこうした鉄則からかなり自由に俳句を詠んできている。これは第二句集以降でも変わらない特徴として挙げられるだろう。確かに主情的な言葉は使わない方がよい、というのは平均的な定理かもしれないが、平均を守っていれば卓越した作品ができるというわけでもない。創作の場にあっては一つの原則は常に一面真理、一面誤りであるというしかないだろう。しかし「夏草」のような場で黒田杏子がことさらそうしたタブーに挑戦していることは単純に伝統を承継するというだけでなく、明確な自分自身の個性というものを相当初期の段階から意識していたということになる筈だ。
　更に、これを手がかりに黒田杏子の俳句全体を見渡すと、このような主情的表現を敢えて厭わないということと共通したある傾向が現れているように思われる。それは、俳句自体をより分かり易く・共感し易く・愛誦し易い作品としようという志向である。

太刀魚を買ふ汚れなき夕銀貨
うつくしきもの献饌の走り藷
葛原を母と越え来し風の盆
涅槃図やしづかにおろす旅鞄
引きのこしおきたる母子草咲けり
雪解のふとんは重し柏原
繍線菊《しもつけ》の咲けばほのかに兄恋し

などにそれははっきりうかがえるであろうし、それとやや違うが、

稲妻の緑釉を浴ぶ野の果に
ダチュラ咲く水中に似て島の闇
磨崖佛おほむらさきを放ちけり

のような鮮明なイメージの俳句もそうした志向の一つの現れと見れば納得できると思う。

私は、このような作品の特徴を数え、また黒田杏子が今日俳壇でこれだけ広く歓迎されているという事実の前に、彼女の俳句の世界の大衆性を見るような思いがする。これは何も非難の意味を込めて言っているのではない。大衆性とは一種の才能であり、だれでも持とうとして出来るものではない。選ばれた精神のみが神から与えられた偉大な機会だ。近頃まで大衆性はともすれば妬み、おとしめられてきたことが多いが、それはいくつかの才能の中でも素晴らしいものに数えてよいものと思う。美空ひばりや松田聖子にはそう誰でもが代わり得るものではないのだ。黒田杏子とはそうした恩寵を最大限にいかしてきた一人なのではないか。

ここで冒頭に戻り、『木の椅子』の代表句と目されている七句を眺めてみると、自らの持つ大衆性を最大限に発揮した作品と見て取れる句が多いことに納得される。大衆性の要素には、いたずらに専門家集団の評価に任せるのではなく大衆そのものに直接訴えることが出来ること、親近感と同時にやはり向こう岸の人と思われるような才能《タレント》（この場合は芸と言えようか）を示し続けられること、常に現在の作家という存在感が見られることが必要なのだ。

『木の椅子』が出た後の評価の一例を挙げると、「作品もまた、季題を象徴的に使って効果を上げる作法に力を入れている。〈冬至粥あをきたたみに日がさして〉〈西塔も東塔も鳴る牡丹の芽〉といった、季題に新鮮な光を与えようとしている」（福田甲子雄）などと言われたものだが、これはあくまで専門家らしい評価であって、黒田杏子の読者はもっと直接的に親近感や言葉の幸福感を感じ取っているだろう。

余談になるが、「あなたの俳句づくり」と題した俳句入門書が何年か前に出されたことがある。この本に驚いたのは、二百頁に満たない中で句作の要諦、応用、句会・吟行の進め方、色紙短冊の書き方、資料入手の仕方、各地の行事案内を満載し、全て写真でヴィジュアルに構成し、一方、他の類似書にみられるような俳句鑑賞をほとんど省略するという極めて実用的な編集をしていたことであった。毀誉褒貶いろいろとあろうが、ある意味でこうしたところにもその大衆性の現れが出ているように思われる。主宰誌「藍生」が驚くほど膨大な会員で出発したという事実は、ますます私をそうした思いにさせてやまない。

＊　＊

『木の椅子』直後、黒田杏子は『水の扉』という第二句集を出し、その後の（八年間近い）作品はまだまとめられていない。「藍生」の創刊という多忙な仕事を抱えて自身の句集をまとめる機会を得ていないのかもしれない。そこで性急に結論は出せないかもしれないが、今述べたことは『木の椅子』以降にも大方言えると思う。

『水の扉』

瓜揉むやふたりのための塩加減
あざやかに鳥獣保護区とりかぶと

夏帯のゆたかに低し住井すゑ
虻とんで老子のことば繰返す
かまくらへゆつくりいそぐ虚子忌かな
辣韮を漬けてころりと睡りけり

『水の扉』以降

雷《らい》さまが来るきつと来る白牡丹
一の橋二の橋ほたるふぶきけり
秋立つと酒田の雨を聴くばかり
修二会僧たらたらたらと火の粉かな
初観音逆白波を踏みわたり
逝かれけり遊びつくして小六月

「藍生」創刊以後

夜なべしてうつとり五十過ぎにけり
少年の恋の顚末とりかぶと
ぞつとして七番日記冬菜畑

2

さて、ここまで黒田杏子俳句の大衆性を論じて頁の大半を費やした。次に、黒田杏子の俳句の大衆性はどこから生まれたのか、という問題に論を移してみたいと思う。

極めて手っ取り早く結論を言ってしまえば、黒田杏子にとって大衆性は余り重大な問題ではなかったということではないか。こんなことをいうと今まで冗長さに耐えて本論を読んで来てくれた人は不信感に陥るかも知れない、従前の議論と全く相反する話ではないかと言うかも知れない。が、そうではない。黒田杏子の作品に大衆性はあっても、黒田杏子自身にとって作品は大衆性を目的としたところで生んではいなかったのである。そして、どうやらそれが逆説的だが黒田杏子の作品に限りない大衆性を与えている秘密であるような気がする。

『木の椅子』の中には極めてわずかではあるがこのような句がある。

文月やそばがらこぼす旅枕

羽の国や蚊帳に放ちし青螢

余り目立たないが、『木の椅子』の中にこの句を見つけたとき不思議な思いがしたものだった。これらは、古俳諧の趣を持つ句、古格にそった響きを持つ句ではないか。何故『木の椅子』という句集にこうした句が顔を出しているのか。今まで見てきた俳句とは全く違うこうした句を、黒田杏子が脱皮してきた古い世界の残滓と見るか、それとも大衆性を脱皮しての黒田杏子の新しい世界と見るのか。黒田杏子の過去、ないし未来に係わる作品として深く考えてみる必要がありそうに思えた。あるいはまた別に注目しておきたいのは次のような作品群だ。

夕 桜 藍 甕 く ら く 藍 激 す
小春日やりんりんと鳴る耳環欲し
緑蔭は深し馬車待つごとく佇つ
軒 下 に 濃 き す み れ あ る 深睡《ふかねむり》

これらの作品にみられる比譬（必ずしも文法的な比喩ではないかもしれないが、

現実と観念を架橋するという意味で）のコントラストの深さは『木の椅子』そのものの存在感と言ってもよい程だと思う。

第一句、第二句とも二つの存在の響き合いを生んでいる。すなわち、藍甕のくらい藍を夕桜の静まりに対比して「激す」と叙述し、小春の日の心の所在を音鳴る耳環への切望とする、この間の接近と反発とは方向こそ違うものの人間の深層の心理にまで届いたように思われる。

とりわけ、第三句の緑蔭の深さに佇むさまは、「馬車を待つごとく」により旧帝都のたたずまいさえ彷彿とさせて、時代の明るさ暗さと緑蔭の明暗を交錯させる不思議な効果を上げている。

逆に第四句は、すみれのみならず家そのものを深い睡りに閉じ込めてしまい、軒下という空間は時間性を超越してたたずまっているようだ。

これらの作品はかなり感覚的・心象的であるにもかかわらず、多くの（伝統俳句の）読者に対し不快感を与えることもなく、具象性の欠如という非難を与える余地さえ示さないできた。前に述べた主情的表現の多さ以上にこれは不思議なことであった。

このような話は『木の椅子』でまだいくつか挙げることができるが、紙数の制限もあるので以上の例二、三に留めておくこととしよう。しかしこうして見てくると、どうも黒田杏子にあってはいつも対比される存在があって、その両者の均衡が美意識を生み出してくる源となっているように思われてならない。極めて現代的、口語的な作品の一方には古俳諧的な作品が、日常の鮮明な作品の一方には難解ともいえる心象的な作品が並んでいる。そして、あたかも大きな振り子が二つの地点を往復しているように、このような世界の大きく緩やかな運動によって、初めてしなやかな言葉を完成させているのである。

いかなる作家も、信念を持たないかぎりは言葉の職人に過ぎない。そうした作品はいつか箔の禿げ落ちてしまうものだ。しかし、かと言って固定化した観念だけの作家も大衆に受け入れられることにはならない。どのようにして言葉に命を吹き込むか、それは言葉による芸術家全ての問題であるのだ。王道はないのだからその人なりに苦しめばよい。ただ黒田杏子は自らの方法をかなりはっきりと自覚して使っているように思われる。好不調の波の少なさ、生得のように見える言葉の多様はそれを実証しているようだ。

時には賢明であり、時には衆愚的であり、時には気紛れであり、時には非情である大衆は、本能的に言葉の専制者を好まない。その代わり、ひたむきな試み（それが空中ブランコの二回転だろうが演歌のこぶしだろうが）には賞賛も惜しまないものである。いや、大衆性はそれを主目的に求めた途端大衆からそっぽを向かれてしまう意地悪さを生来持っているのだ。その意味では黒田杏子の言葉への関心と実践は、その文学的な志向と、一方で愛好者層の人気を二つながら可能としているのである。

＊　　＊

必ずしも十分な論考とはならなかったし、取り上げた句集も『木の椅子』に終始した気がするが、これが私の結論である。少なくとも、黒田杏子がこのような言葉の危うきに遊び続ける限り、彼女の芸術的な良心と大衆性が共存し続けるという至福は今後も味わわれ続け得るのではないか。

「俳句空間」第16号　平成3年3月号

「能面のくだけて月の港かな」の人
――黒田杏子第一句集『木の椅子』増補新装版に寄せて

齋藤　愼爾

名伯楽にして評論家としても活躍された神田秀夫氏から「俳壇という世界は変化というものが殆どない。十年、いや二十年くらいの空白の期間をおいたあとに戻ってきても違和感をもつことも、もたれることもなく元通りに振る舞うことが出来る」というようなことを言われたことを覚えている。

私は高校時代の十六歳で俳句を始め、大学に進み、折からの学生運動に熱中し、俳句を止め、二十三年間ほどの空白期をもったあと、秋元不死男門に再入会したくちだが、生来、呑気な性格もあるから実態調査のモデルにはならないだろうが、神田氏の言葉が、そんなに荒唐無稽な話でもないと納得したものである。

所属した「氷海」は開かれた結社であったが、他の俳人と交流しようとするとき、定型社会に深く根ざした結社制、宗匠制という古い柵《しがらみ》は何かと桎梏となることが多く、閉塞感から解放されることはなかった。新鮮な空気を吸いたいと思うとき、詩人や歌人の言葉が眩しく途方もなく魅力的に思われた。たとえば、次のような言葉だ。「一九六〇年の反安保闘争時の騒擾も六〇年代の大学闘争も、どこかで詩が火付け人であったような、つまりまぎれもなく時代の知的感性を惹きつけた、挑発者の役割を詩が引き受けていたような気がする。詩を受け入れる情況が外部にあったからではなく、詩がみずから仕掛けて切り開いたものとして情況があった」と言うのは、戦後、小野十三郎、長谷川龍生氏とともに、大阪詩壇を活性化させた倉橋健一氏の言葉である。

歌人では去る（令和）七月十日、九十二歳の生涯を閉じた岡井隆氏の〈朝狩にいまたつらしも拠点いくつふかい朝から狩りいだすべく〉〈群衆を狩れよおもうにあかねさす夏野の朝の「群れ」にすぎざれば〉の、前衛精神の発露のごとき裂帛の歌がしきりに何かを啓示していた。

ここに来て、そう、まさにここに来て俳句界も変化の兆が著しい。たとえば若手俳人の神野紗希氏が自分の倍もある年齢の俳句界の重鎮というか大御所、いや先輩の片山由美子氏に対し、「句作りにおける〈リアリティ〉〈実感〉が、季語の本意や文法体系の保持よりも下位にランク付けされるようなことがあっては寂しいと思う」と、歳時記の季節をルールブックとして優先させる片山氏の考えに控えめながら、毅然とした態度で疑問を呈している（「俳句」二〇一九年十月号）。

俳句史においては一大奇観といえよう。先例として三十数年も前に同じような衝撃的光景を自らの一句を提示するという方法で暗喩したのが、黒田杏子氏で、その一句が〈能面のくだけて月の港かな〉である。黒田氏といつ、どのようにして出会ったか、正確には覚えていない。初対面の挨拶もそこそこに、「能面」の句を諳《そら》んじ、「あなたは、今後、この句を超える句を作ることは出来ないでしょうね」と発言したことを覚えている。

同じ台詞をこれまで二人の俳人に言っている。辻美奈子氏は「沖」の大会に招かれ、挨拶を求められ、辻氏の〈桜満開己が身に皮膚いちまい〉を挙げ、カフカを引きながら発言している。能村登四郎、林翔氏らも健在で列席されていた。もうひとりの仙田洋子氏は「秋」「天為」同人。「秋」誌の祝賀会で〈父の恋翡翠飛んで母の恋〉を挙げての無礼で、ここでも石原八束、有馬朗人氏がおられた。

この愚挙、蛮行、狼藉は、私の名句信仰に起因する。あらゆる手段を用いて、自句はもとより、他人の名句誕生にも貢献したいという妄念。影響を受け、感化されたのは詩人石原吉郎氏のエッセイ「定型についての覚書」である。

「俳句は『かたわな』舌たらずの詩である。ということは、完全性に対する止みがたい希求と情熱が、俳句を成立たせる理由と条件になっており、その発想法の根拠となっていることを意味する。それがかたわであるままで、間髪を容れずもっとも完全であろうと決意するとき、句作はこの世界のもっとも情熱的ないとなみの一つとなる」

完全なる名句の成立に、私たちはもっと情熱的になるべきではないか。

自分の行為には私なりの責任を取ってきた。平成十五年（二〇〇三）十月、河出書房新社で『二十世紀名句手帖』（全八巻）を編集したとき、豪華八ページの大版パンフレット（装帳は加納光於氏）を作製した。第七巻は『海と山のラビリンス』歳時記の「地理」篇の名句として提示した例句は、〈奥白根かの世の雪をかがやかす〉（前田普羅）〈たましひのまはりの山の蒼さかな〉（三橋敏雄）〈船焼き捨てし／船長は／／泳ぐかな〉（高柳重信）〈白桃をよよとすすれば山青き〉（富安風生）、そして黒田杏子氏の〈能面のくだけて月の港かな〉を添えている。

他の巻に添えた辻美奈子、仙田洋子氏の句も俳句史の定番の著名俳人の代表作と比べて、いささかの遜色もなかった。

能面のくだけて月の港かな　杏子

奇蹟のような一句である。俳句表現史に屹立し、非の入り込む余地はない。黒田氏には「岡本綺堂の『修善寺物語』を想起する」とは話した。時の将軍、源頼家が名人のほまれ高い面作りの夜叉王に形見に残す面作りを命じる。半年が過ぎても出来ない。「自分が気に入らぬ面を残すのは無念ゆえ」との夜叉王の返答に将軍は立腹し、刀を抜く。姉妹のうち妹が仕事場から持参した面に頼家は感激するが、夜叉王は「この面には死相があらわれて魂が入っていない」と態度をかえない。

頼家が面を持って館に帰った宵、北条時政の軍兵が館を襲い、頼家の面をつけていた姉を頼家と勘違いし切りつけてしまう。頼家はじめ家来たちも皆討ち死にする。血に染まった面を見て夜叉王は、「いくたび打ちなおしても、この面には死相があらわれたのは、わしの腕のつたなさのためではなかった。夜叉王は天下一の名人じゃった」と呵呵大笑する……。

凛冽なる芸術家の精神において、黒田杏子氏は夜叉王と同じ気圏の住人というべきか。〈能面のくだけて月の港かな〉十七文字は戯曲一篇の内容を優に含有している。

ひとこと附言すれば、この句は黒田氏と『苦海浄土』、能『不知火』の巫女、石牟礼道子氏とのやがて訪れる運命的邂逅を予め暗示しているということだ。句には能面が破摧《はさい》する響きが内蔵されていて、黙読しても、私たちにも聞こえるというのも、この句の魅力だ。

今回、『木の椅子』を初めて通読したが、「能面」の句は入っていないことは直感でわかった。第二句集『水の扉』にも入っていない。第三句集『一木一草』に収録されていることを図書館で確認した。この句集に到って「能面」に匹敵する句が、三句ほど登場する。「超える句は出来ない」と言った私の完敗である。

まつくらな那須野ヶ原の鉦叩

狐火をみて命日を遊びけり

稲 光 一 遍 上 人 徒《かち》 跣《はだし》

『花下草上』の〈涅槃図をあふるる月のひかりかな〉が、唯一、「能面」に拮抗する。「能面」を奇蹟のような句と口走った所以である。
さて『木の椅子』のベスト二十二句。

十二支みな闇に逃げこむ走馬燈
稲妻の緑釉を浴ぶ野の果に
七部集七夜をかけて虫に読む
黄落は火よりもはげし一葉忌
雪嶺へ身を反らすとき鶴の声
かよひ路のわが橋いくつ都鳥
立読みのうしろに冬の来てをりぬ
土用東風幟やぐらは軆の音す
白葱のひかりの棒をいま刻む
柚子湯してあしたのあしたおもふかな
観音の指先に冬きてをりぬ
真清水の音のあたりにしじみ蝶

干草の牛車は星に繋《つな》ぐべし
涅槃図の一隅あをし孔雀立つ
即身の二佛にまみゆ旱寺
みちのくの菊のひかりにつまづくや
ちちははの老いてわれあり紅葉狩
涅槃図の寺旅人を泊めにけり
青蘆《あし》のこころにみたす風の音
母の幸何もて糧る藍ゆかた
磨崖佛おほむらさきを放ちけり
蟬しぐれ木椅子のどこか朽ちはじむ

書名となった『木椅子』は、〈父の世の木椅子一脚百千鳥〉から付けたのだろうが、「蟬しぐれ」を採る。結句の「百千鳥」、杏子調なら「白銀河」とでもなるか。

黒田氏の句で鳥が出てくる場合、なぜか鶴が多い。何か特別の事情があるのだろうか。釈尊が八十歳で入滅したとき、釈尊は沙羅双樹の下で頭を北にし、面を西に付け、右脇を下にして足を重ねて臥している。この臥法が寝釈迦の由来らしい。入滅すると、沙羅双樹が忽ち白く変じて鶴のようになったと伝えられる。この故事により、涅槃会のことを「双林の夕」「鶴の林」「鶴林《かくりん》の夜半《やはん》」ともいうらしい。鶴の偏愛はそれに拠るか。

天才一葉を詠んだ句も幾つかある。珍らしや、手元に朝日新聞の明治二十九年十一月二十六日号の記事がある。「女流の小説家として遒勁《いうけい》の筆重厚の想を以て名声文壇に嘖々《さくさく》たりし一葉女史樋口夏子は予《かね》て肺患にかかりをりしが二十三日午前十一時を以て簀《さく》を易《か》へたり享年僅か二十有五。」これが全文である。杏子氏の一葉讃歌は心が籠っている。氏が敬愛している瀬戸内寂聴の原型を歴史に探れば、紫式部なら、黒田杏子氏は樋口一葉ということになろう。

涅 槃 図 の 一 隅 あ を し 孔 雀 立 つ　杏子

なぜ孔雀か、俳人なら先刻ご承知なのだろう。孔雀は古代インドにおいて毒虫を啄むので益鳥とされた。邪気を払う神の化身と崇められもした。「あをし」の形容が冴えている。

仏滅における孔雀王信仰の由来。私は『銀河鉄道の夜』に孔雀が出てくるのを知った。宮沢賢治の『春と修羅』の「序」の終わり近く、「みんなは二千年ぐらゐ前には／青ぞらいっぱいの無色な孔雀が居たとおもひ」（「詩集Ⅰ」）とある。毒を啄み、煩悩を取り去ってくわえる孔雀。

煩悩を消滅させる孔雀が翔ったところで拙文の主題を変える。私は編集者を六十年近くやってきたが、昔から思案している宿望がある。現代俳句協会と俳人協会の分裂の解消である。二協会を統一させようとする俳人が出てこないのも不思議な話である。私は過去にその役割に山本健吉氏、大岡信氏、神田秀夫氏らを考え、相談したこともあるが、これらの人が奮闘しても無理だと数十年前にわかり諦めた。政治屋ではあるまいし、文学を志す人間のやることではない。しかし、この一、二年、両協会は有名無実の存在となったのではないか。いや二協会の境が消滅したのだ。かかるとき、第二十回現代俳句大賞に俳人協会所属の黒田杏子氏の受賞が伝えられた。これぞ象徴的というか、画期的事件といってもいい。（俳人協会賞は会員以外は不可だ）

黒田氏は全選考委員の全員一致の推薦で決定したといわれる。この趨勢は時代の必然であり、もう誰も止めることは出来ない。新しい俳句史創成のため、私も微力を尽くしたい。

瑞鳥図　五十句

瑞鳥図

黒田 杏子

昭和五十四年一月に二十日あまり、乾期の南インド各地を歩いた。デリー・カルカッタ・マドラス・アジャンタにもまして、私を魅きつけたのは農村である。

そこには、私の原風景——小学、中学時代を過ごした、昭和二十年代の南那須地方の生活——が生き生きと展開されていた。

炎天や行者の杖は地をたたく

鈴の音は片蔭に止む牛車《うしぐるま》

供花ひさぐ婆の地べたに油照

打水やいづこより湧く人の群

沐浴のサリーを遠く牛冷す

襤《らん》褸《る》土《つち》に人をつつめり旱星

向日葵の波を牛車《ぎっしゃ》の列が越ゆ

粗朶負女ゆるやかに去る大花野

群衆の眼の中をゆくサングラス

蚊柱や癩者の影は窓に倚る

入滅の図の朱を亂す遠き蟬

香油賣る男の手より夏の闇

菩提樹の木蔭の石は冷えにけり

地に座せばサリーかがやく胡麻を打つ

干草の頭上の嵩は日ににほふ

老父に似たり石階の外寝人

牛追の跫音沈む熱砂かな

月明や手品師の背に海はあり

黒髪に花挿しにほふ跣足かな

孔雀きて死人に似たる晝寝覚

石刻む人にまひるの金鳳華

炎天や枝うつりして瑞鳥圖

石壁の女人の唇《くち》や杏き蟬

ブーゲンビリア頭上の甕に水は満つ

往還にばらまきて干す籾の金

トランプは大地に賭くる灯取蟲

石窟を素足のすすむ花筐《はながたみ》

片蔭は寺門の塔の乞食《かたゐ》老ゆ

菜の花や夕陽に染まる頭陀袋

大夕焼さめてサリーの列崩る

呼声の奥の呼声瓜喰めば
ボンベイの日暮は茄子のいろに似る
月光の濱晝顔は地に満てり
あらたまのサリーのいろはひるがへる
裸子を横抱きにきて水汲女
干草の牛車《ぎつしや》は星に繋ぐべし

何か待つまなざし深き白日傘

瓜を売る地に一燭を立てにけり

百日草砂に低しや影を濃く

晝顔や遊行の影はとどまらず

サリー織る筬音ばかり雲の峰

行商婦石にめつむる青胡椒

緑蔭は深ししづかに孔雀老ゆ

晝月の歸路は果なし草刈女

明易や聲明《しやうみやう》に似る地曳唄

手相師の水打って敷く一筵《ひとむしろ》

籾干すや老婆の布衣は地に乾く

炎帝へ翔ちし鸚鵡の数知れず

夕焼けて牛車《ぎつしや》は天に浮くごとし
蚊を打つや男昏れゆく板骨牌《いたがるた》

※第二十五回 角川俳句賞（昭和五十四年）応募作品五十句
（予選通過作品。うち二十九句を『木の椅子』に収録。）

増補新装版へのあとがき

増補新装版へのあとがき

一九五七年五月。東京女子大に入学したばかりの私は、郷里の母のすすめに従い、山口青邨先生指導「俳句研究会白塔会」に参加。

「俳句の基本は観察。オブザベーションです」。颯爽たる背広の紳士。「俳人は詩人です。あなた方は詩人として生きてゆくのです」との言葉に感動。先生に帰依。「夏草」入会。卒業まで句作に打ち込みます。

一九六〇年四年生。六月十五日樺美智子さんが国会構内で命を落とされました。その日国会をとり巻くデモ隊の中に居りました私は衝撃を受けました。夏休みの八月、大学セツルメントのメンバー達と、九州の三井三池炭鉱第一組合の子供達支援のため、炭鉱住宅で一ヶ月暮らします。貴重な体験でした。

一九六一年四月、広告会社博報堂入社。ここで句作中止。劇団民藝の文芸部員公募に応じ、評論木下順二『オットーと呼ばれた日本人』で難関突破。しかし結局共働きの会社員として地道に生きる道を選び、入団を断念。こののちも染織・陶芸その他の表現世界を彷徨ののち、生涯の師山口青邨先生に再入門。「会社の仕事以外の時間をすべて俳句の勉強に当て、努力いたします」。「いいでしょう。勉強し過ぎて死んだという人の話はまだ聞いたことがありません。どうぞ」と先生。

まず「白塔会」に復帰、そして「夏草例会」に復帰。さらに、青邨先生は「帰り新参」の私に、「東大ホトトギス会」をはじめ、先生ご指導のいくつもの句会への参加・出席をおすすめ下さいました。ありがたいことでした。

そして、何よりの幸運は「夏草」の兄弟子古舘曹人さんとの遭遇です。文字通り曹人親方の子分となった私は激烈な週二回の連衆句会「木曄会」への参加をはじめ、各地への鍛練吟行会ほか、あらゆる場所へ曹人さんとご一緒させて頂きました。

「杏子さん。句集を出そう。先生のご許可は頂いた。序句もご染筆下さるとおっしゃった。いい句集になるよ」

そして、瀬戸内寂聴先生に「あなたの人生にとって悪くない旅」とお誘い頂き参加させて頂いたはじめての南印度行の日々。ここで私の自然観と人生観は根底から一新され、全くの別人に生れ変ってしまったのでした。

〈自分の生きたいように生きてよい〉〈忖度《そんたく》せず〉〈太陽を仰いで森羅万象と交信〉

〈大地を踏みしめ、与えられた生命を完全燃焼〉などと表紙に書き付けた数冊の句帳にはおびただしい俳句が残りました。その中から自選した有季定型の50句をはじめて角川俳句賞に応募。「瑞鳥図」は第25回角川俳句賞の第一次予選通過。私はこの50句の内から29句を自選、『木の椅子』に収めることを決めました。

ところで、句作再開以来、個人的には火の玉のように、狂気のごとく句作に打ち込む日々を重ねておりましたが、職場では俳句の事は一切どなたにも話しておりませんでした。30歳からの単独行「日本列島櫻花巡礼」も同様でした。しかし、打ち込むほどに句作の壁に突き当り、落ち込むこともしばしば。そんなときは、大昔、つまり中学三年生のとき、母や兄と熱中して読んだ『チボー家の人々』の原作者ロジェ・マルタン・デュ・ガールさんに訳者の山内義雄先生にアドレスを伺いつたない英文のファンレターを送り、ノーベル賞作家のこの方が、パリから栃木県の片田舎に住む私あてにお送り下さった二通の船便の絵はがき。そのモノクロームの画像を脳内に呼び出しては気分を立て直しておりました。何故か「デュガールさん、デュガールさん」と唱えると、勇気が湧いてきて、ゆっくりと気が晴れてくるのです。文学というものの霊力を感じ、地球規模の人間の連帯を信じ元気になれるのです。それはまことに不思議なありがたい事実なのでした。

　さて、第一句集『木の椅子』が牧羊社から刊行され、神保町の東京堂一階の「詩歌コーナー」の棚にも並びました。私は会社の同僚が私の句集に目をとめて、手にとったりすることの無いようにと、昼休みにこの自分の句集を見つけると即座に買ってしまうのでした。

　しばらくして牧羊社の川島壽美子社長が「黒田さん、おめでとう。全くの新人のあなたが大先輩達を押しのけて現代俳句女流賞を射とめたわよ」とお電話下さったとき、その事情が私にはよく分かりませんでした。俳人協会新人賞を頂くだろうとは言われておりましたので、そちらの受賞には全く驚きませんでした。

　新聞報道をごらんになられ、「あなた水くさいじゃないの。印度で俳句のハの字も言ってくれなかった。ともかくこの機会に私にあなたのこと書かせてね。必ずよ。頼んだわよ」とお電話下さった寂聴先生。しかし「俳句とエッセイ」の『木の椅子』受賞特集の締切りが過ぎても先生の原稿が届かないと。川島さんからは「明日入らなければ、あきらめましょう」との通告。翌朝のその明け方。「寂聴です。けさ東京行き始発の新幹線で原稿をお手伝いの加代さんに持って行かせます。杏子さん、この列車の何号車の前方のドアの前のホームで待機していて下さい。加代さんは折返しの列車で京都に戻ります。どうぞよろしく」

ＦＡＸなどこの世に無い時代でした。私は東京駅のホームで加代さんから大きな原稿用紙専用の茶封筒を受けとるや、渋谷の牧羊社をめざし、タクシーに乗り込みます。封筒の中には満寿屋の四百字詰原稿用紙。『木の椅子の作者』瀬戸内寂聴と。徹夜で書いて下さったのです。読み出すと、涙があふれてとまりません。後部座席で原稿を膝に、うつむいてハンケチで顔を覆った私に「お客さん。タクシーの中は個室なんです。哀しくて泣きたいときはどうぞ遠慮しないで泣いて下さい。私を気にしないでいいんですよ。どうぞネ」。やさしい運転手さん。顔を上げると牧羊社の前。「お客さん、元気出してネ。頑張ってネ」

牧羊社に原稿を届け、こんどは会社に向うタクシーの座席で、川島さんが下さったコピー「現代俳句女流賞」の五人の選考委員の方々の選評にあらためて感謝をしておりました。かけ出し俳人の私を、こんなに賞めて頂いていいのでしょうか。と思ったとき、了解したのです。飯田龍太先生をはじめ、五人の男女の俳壇の大先輩の方々は、曲りなりにも私が学生の時から山口青邨の門下であったこと。中断はあっても、青邨師の許で現在も修行中であること。この事実に信頼と期待をお寄せ下さって、無名の私にこの大賞を授与して下さったのであるということを。

ともかく職場での完璧な「隠れ俳人」であった私はこの受賞により、一夜にして「俳句をつくるキャリアウーマン」となり、数多くの新聞や雑誌にとりあげられ、講演やインタビュー、執筆の機会が押し寄せてきました。

さらに、嬉しく愉しい状況も生れました。若い俳人の方々が自由に集う「勉強句会《木の椅子》」が誕生。青邨先生ご指導の「東大ホトトギス会」と「白塔会」のメンバーを中心に、大学に関係なく、誰でも自由に参加できる俳句集団となってゆきました。ここでの私、黒田は主宰者でも選者でもなく、この会の最年長の俳人として、アドバイザーとして、句会や吟行会には毎回必ず出席してきました。

そして光栄なことに、『木の椅子』受賞ののち、私は龍太先生から山廬にお招きを頂きました。奥さまのお手料理を頂き、なんと三時間近くも先生と対座、対談。「会社の仕事と句作の両立はご苦労がおありでしょうが、このののちもどうぞ句作に打ち込んで下さい」と。さらに「時間がとれれば、またいつでもどうぞ」と。私は「若い俳人達と参ります」と申上げ、後日、長谷川櫂さん、岸本尚毅さん、皆吉司さん、上島顕司さんほかの方々と再度お邪魔させて頂きました。そして私は、龍太先生に深く学びたく思い、先生のお許しを得て、この刻から終刊まで「雲母」の講読会員とさせて頂くことが叶いました。

43歳で『木の椅子』からの出発をさせて頂きました私もことし82歳、青邨師没後に創刊の「藍生」もこの11月に無事30周年を迎えます。このメモリアルな年に、増補新装版の第一句集『木の椅子』を刊行させて頂くことが出来ました。これ以上のよろこびはありません。この一巻にご協力、お力を賜りましたすべての皆様に心からの感謝を捧げつつ、私はこののちの更なる精進を誓う者です。

二〇二〇年十月一日

仲秋名月の晩に

黒田　杏子

（付記）二〇二〇年十月二十四日（土）。「現代俳句大賞」を現代俳句協会より授与されました。

私のささやかな俳句人生の中の文字通り最高最上の日となりました。

昭和35（1960）年8月・夏休みのキャンプ
学生セツルメントメンバーとして
三井三池炭鉱第一組合の子供達と共に

昭和 62（1987）年 6 月 7 日**「木の椅子会」**6 月例会の出席者
（於）三菱養和会巣鴨スポーツクラブ会議室
※手前中央から右回りへ（お名前は現在のもの）

①仙田洋子	②藺草慶子	③上田日差子	④上島顕司	⑤中岡毅雄	⑥岸本尚毅
⑦岩田由美	⑧黒田杏子	⑨大屋達治	⑩出雲俊江	⑪篠崎康子	⑫高田桃子
⑬長谷川櫂	⑭高田正子	⑮上野好子	⑯柚木紀子	⑰稲田眸子	⑱高浦銘子
⑲名取里美	⑳皆吉司	㉑平北雪子			

以上 21 名（撮影者　本橋成一）

「木の椅子」メンバーはこの日ご出席の方々のほかに、
西村我尼吾、対馬康子、三橋透、今井豊、脇祥一、日原傳、木村定生、小澤實、
後藤章、夏井いつきさんほかの方々が折々に自由に参加されました。

黒田杏子（くろだ・ももこ）略歴

俳人、エッセイスト。

1938年、東京生まれ。東京女子大学心理学科卒業。「夏草」同人を経て「藍生」創刊主宰。第一句集『木の椅子』で現代俳句女流賞と俳人協会新人賞。第三句集『一木一草』で俳人協会賞。第1回桂信子賞受賞。第五句集『日光月光』で第45回蛇笏賞受賞。2020年、第20回現代俳句大賞。

句集に『木の椅子』『水の扉』『一木一草』『花下草上』『日光月光』『銀河山河』『黒田杏子句集成』。著書等に『金子兜太養生訓』『存在者金子兜太』『語る兜太』『手紙歳時記』『暮らしの歳時記―未来への記憶』『俳句の玉手箱』『俳句列島日本すみずみ吟遊』『布の歳時記』『季語の記憶』『花天月地』『「おくのほそ道」をゆく』『俳句と出会う』など多数。

『証言・昭和の俳句 上・下』（角川書店）のプロデュース・聞き手をつとめる。

「兜太 ＴＯＴＡ」全四巻（藤原書店）の編集主幹。

同人誌「件」同人。

栃木県大田原市名誉市民。

日経新聞俳壇選者。新潟日報俳壇選者。星野立子賞選考委員。伊藤園新俳句大賞選者。吉徳ひな祭俳句賞選者。東京新聞「平和の俳句」選者。福島県文学賞（俳句部門）代表選者ほか、日本各地の俳句大会の選者をつとめる。

藍生俳句会
〒101-0051　東京都千代田区神田神保町 3-2
九段ロイヤルビル 7 F
Tel：03-5216-6015　Fax：03-5216-7239

黒田杏子
〒113-0033　東京都文京区本郷 1-31-12-701

石炭袋

黒田杏子第一句集『木の椅子』増補新装版

2020 年 11 月 28 日　初版発行
2021 年 5 月 8 日　第二版発行

著者　黒田杏子
編集・発行人　鈴木比佐雄

発行所　株式会社 コールサック社
〒173-0004　東京都板橋区板橋 2-63-4-209
電話 03-5944-3258　FAX 03-5944-3238
suzuki@coal-sack.com
http://www.coal-sack.com
郵便振替　00180-4-741802
印刷管理　（株）コールサック社　制作部

＊装幀　髙林昭太

落丁本・乱丁本はお取り替えいたします。
ISBN978-4-86435-458-5　C1092　￥2000E